文芸社セレクション

祖母の咲くあと、追う私

ハレヤマ サキエ

HAREYAMA Sakie

JN179220

文芸社

目次

プロローグ

ガタン、ゴトン。この車に乗せられ、どれくらい経っただろうか?

「はぁ……」

どうしてこうなったのかと、今朝方の出来事を振り返る。


「よし乃さん、ご友人がお見えよ」

下宿先のおかみさんから、声がかかった。

夜勤明けで、眠い。

これから床につこうとしていた矢先、

(誰だろう?)

髪をさっと整え、四畳半の部屋から階段を足早に下りてゆく。一階の廊下には陽が差し込み、ほんのり暖かさが感じられた。

玄関先の人影が、近付くにつれはっきりしてゆく。

やがて、「久しぶり」という声が聞こえてきた。

長い髪をきっちりと後ろに束ね、お団子にまとめた変わらないヘアスタイル。

そこにいたのは、幼馴染のサエだった。

「相変わらず、元気そうね」

そう話す声は、何だか急いでいるようにも聞こえる。

（確か東京の病院にいると聞いていたが……）

遠い所からわざわざ来たからには、積もる話もあるのだろう。ひとまず、二階の部屋へと案内した。

こぢんまりとした部屋は、隣に建物はあるものの風通しが良く、静かにカーテンが揺れていた。

部屋の中を見渡したサエは、まっすぐ奥へと向かって行き、掛けてある服を掴むと急に鞄に詰めだした。

あまりの光景に、何が起きているのかわからなかったが、次々と詰められる自分の物を見て我に返る。

「ちょっと、なんばすっと⁉（何するの）」

慌てて駆け寄るも、サエの勢いは収まることなく、止めることができない。あれよあれよという間に、部屋の物は車へと運び込まれてしまった。

下宿先のおかみさんには、急に里に帰ることになったと告げた。勤め先へは、おかみさんから話しておくとのことでお任せしたが、いつも気にかけてくれる婦長さんに、挨拶できなかったのが心残りだった。

(落ち着いたら、会いに行こう)

そう自分に言いきかせる。

(しかし、サエが訪ねて来るとは何事か?)

一言文句も言いたいところだが、昔から口達者な彼女を前に、夜勤明けの疲労はその気力を失せさせてゆく。


ガタガタと揺れながら車は走り、景色はいつのまにか緑へと変わっていた。外の木々に目を向けると、キラキラ光る木の葉が見える。よく見るとその奥には小川が流れ、初夏のおとずれを感じさせていた。


ふと脳裏に、退院した患者さんの顔が浮かぶ。

病院の給湯室でお茶の用意をしていると、

「いつも忙しそうですね」

振り返ると、背の高い青年が立っていた。

足の怪我が良くなり、もう退院なのだろう。入院中に伸びた髪は、短く整えられすっきりとしていた。力仕事で怪我をする男衆が多い中、珍しいほど都会的な彼は、

「あと一つ免許を取ったら、迎えに来ます」

そう真剣な目で私に告げた。

その時初めて、思いを寄せられていることに気づき、危うくお茶をこぼしそうになったのだが――。

（私がいないと知ったら、どう思うだろう）

ぼんやりと考えながら、疲れに負け重い瞼を閉じた――。


気がつけば日は傾き、見慣れた夕暮れの海が広がっていた。左手に海を望む道は段々と細くなり、しばらく進むと生まれ故郷が見えてくる。

（何年ぶりだろう？）

前回帰省したのは、寒い二月。職場の皆が正月に休みを取りたがる中、お給金が良いのと、旧暦で新年を祝うため、日にちをずらし帰っていたのだ。

（そういえば、この辺りで、サエの甥っ子が遊んでいたなぁ）

何気なく思い出すも、今はすっかり暗くなり、外の景色をうかがうことはできない。

そうして、やっとのことでたどり着いたのは、何故かサエの実家だった。

我が家のアイドル

しっかり者の祖母と、ぐーたらな私。ご近所さんからも、決して「似ているね」とは言われない。そんな祖母は我が家のアイドルだ。

祖母の名は、よし乃。長崎の田舎で生まれ育った。学校での成績は良かったようで、そろばんと足がはやいのが自慢。兄妹《きょうだい》は多かったが戦争で兄を亡くしている。そのせいか、子どもの頃の話をする時は、少し寂しそうな一面を見せる。

（戦争がなければ、もっと勉強し兄達に遊んでもらっていただろうに……）

両親を早くに看取り、その後は病院に勤めだした。長崎の病院にもいたことがあるが、よく話をするのは、福岡の療養所と大学病院の話だ。

祖母は絶世の美女、というわけではないが、愛嬌がある。いつも笑顔でテキパキと動き、小柄で丸っこい鼻がチャームポイント。

おでこには少し凹んだ傷跡がある。これは近所の姉さん方が、幼い祖母を取り合い、落ちた時にできた傷だと聞いている。

今では、おでこのシワと見分けがつかないくらいになっているが、当時はあのイギリスの魔法使いの少年のような――と想像してしまう。

そんな傷跡を隠すことなく、前髪をふんわり上げ、いつもにっこり笑う。

その顔は、年を重ねても可愛いもので――。

今も皆に慕われている姿を見ると、若かりし頃から祖母のファンは多かったとうかがえる。

療養所では、

「今日は、よし乃嬢が飯炊きってぞー！」

祖母が食事を作る番になると、男衆の喜ぶ声が飛び交った。

確かに、料理の腕は良い。大鍋で大量に作るため、包丁は手元を見なくとも綺麗に野菜を切ることができる。

また、裁縫も得意でよく頼まれごとを引き受けていた。

ある日、病室でいつものようにお世話をしてると、療養中の奥様がとても気まずそうな顔を祖母に向けてきた。

部屋の入口に目をやると、ちょうどご主人が見舞いに来たところだった。

祖母は、とっさに隣のベッドのシーツを広げ、ご主人と会話をはじめた。奥様を隠しながらどんな話で場を持たせたのかは分からないが、月の物で汚れた浴衣をささっと隠し、事なきを得たのだ。

この祖母の機転は大変喜ばれ、その後も奥様との関係は続いた。体調が良い日には、流行りの洋服を一緒に作り、お礼にお菓子を頂いたりと、とても良くしていただいたそうだ。

大学病院では、黙々と仕事をする祖母に、婦長さんがいつも声をかけてくれた。

婦長さんとは療養所で仕事をしていた頃からの縁なのだが、特にそのことは誰にも話さなかった。

「あら、よし乃さん。今日も元気？」

するとと近くにいた看護婦たちは、

「あなた、婦長さんと知り合いなの!?」

驚いて祖母に声をかけてくるのだった。

療養所と違い、大学病院では方言を話すのを恥ずかしく感じていた祖母。それを隠すため、あまり喋らないようにしていたのだ。

しかし、仕事が捌けるのと婦長さんからの声かけで、周りからは一目置かれていた。

控えめなのに、できる女――。そんな祖母のことを、誰もが放っておくはずがない。恋バナはないのかと尋ねると、祖母に好意を寄せていた男性が数人いたようだ。

(どこに行っても祖母はアイドルだった)

思いが綴られた手紙を頂いても、祖母は返事を書かなかった。

「えー、なんで書かんかったと？」

私が尋ねると、

「字のへとーして（字が下手で）」

と恥ずかしそうに言っていた。

他にも、免許を取ったら迎えに来ますと告げた男性もいたようで――。その男性が祖母を迎えに来る前に、祖父がゲットしたのだから、この男性には孫として「申し訳ない！」としか言いようがない。

祖父と祖母は同郷で、大学病院で再会している。祖父の手術には祖母も立ち会い、お腹の中まで知る仲となった。

少し祖母が年上になるのだが、これだけ気立てがよければ、祖父の気持ちもすぐに固まる。

しかし、何故か祖母を迎えに来たのは祖父の姉。友人でもあるサエだった。

突然現れたサエに、部屋の物をいきなり詰められ、

「せうぇーなったもん（世話になった人達）に、挨拶もできんまま急に連れてこられた」

そう話す祖母の口調からは、今でも怒りがうかがえる。

（強引すぎる……）

昔の話ではあるが、そう思わずにはいられない。

ただ、若かりし頃の祖母の写真を見ていると、笑顔で浜辺に座る夫婦の姿がある。

（何だかんだで、祖父のことが好きだったのではないか？）

そういうことにしておこう。

甘くない結婚生活

祖母や祖父が生まれ育った場所は、山間にあるすり鉢状の集落だ。山間といっても、地図で見ると、まわりを海に囲まれた岬のようになっている。

隣接する町へ続く道の途中には、家が一軒もなく、外から来る者はこの先に人が住んでいるのかと不安になるほど辺鄙な場所だ。

舗装されていない道が多く、轍の間に生える雑草を踏みしめながら小道へと入れば、石垣で囲った畑や家々が立ち並ぶ。

夜は星がとても綺麗で、波の音や沖合を通る船の音まで聞こえてくる。

古くから隠れキリシタンの地でもあり、信仰している人も、そうでない人も、共存し静かに暮らしてきた。

自然豊かなこの場所は、キリスト教解禁後も独自の信仰を続け、洗礼を受けた祖母も子どもの頃は祈りを捧げていたそうだ。

「何でしとったと？（してたの）」

「親がしとって、お布施も少なかったとなぁ」

「じゃあ、何でもうしとらんと？（してないの）」

「他所《よそ》から嫁いでくる人《もん》もおるし（いるし）、親も――」

歴史として学ぶのとは違い、『親がやっていたから』という、ごく当たり前の日常が伝わってきた。

一度だけせがんで、祈りの言葉を聞かせてもらったことがある。

「天《みな》にまします～。あんべんじゅるす」

幼い私には訛りが強く、そう聞こえた。

大人になり訪れた天草の地で、資料館に書かれた文字を見て驚いた。

『あんめんりゆす（アーメン、ゼウス）』

あの時の祖母の言葉と重なり、思わず口にしていた。


特技が多い祖母。和裁・洋裁・編み物・歌に踊り。華道も嗜み、これだけ聞くと良い家柄のお嬢様のようだが、戦時中は配給の靴を貰うことすらできず、真冬でもわらじで過ごすほど貧しかった。

兄達は戦場へ。男手を失った家で、畑を手伝い牛の世話をし、芋を食べながら急いで学校へ通った。

戦後徐々に、活気に満ち溢れていく日本。

炭鉱で栄えた端島（軍艦島）には、当時の最先端が揃い、祖母も姉さん方に連れられ見物したことがある。

「黒か人《もん》の下から上がってきて、白か人《もん》の下って行きよった」

炭鉱での仕事を終え真っ黒になった人と、これから仕事へ向かう人の列を見て、祖母はそう表現していた。

長崎の繁華街、浜の町。夜のダンスホールでは、花形の仕事（大手造船所や銀行）を終えた女性達が、ダンスの申し込みに手を取る中、手に職をと働く祖母。より良い仕事をみつけ故郷を離れ、働きながら少しずつ学んできたのだ。

親から見合いの便りがくれば、里に帰り、嫁ぎ先の家に入れば、その家のしきたりに従う。『女性らしさ』が当たり前のように求められる中、祖母はこの辺りでは珍しく、船と車の免許を女性で一番に取得した。

どちらも結婚後の生活で必要な資格だったのだが——。

「あなたはこんな男ばかりの所に来て、恥ずかしくないんですか？」

船舶免許の試験会場で、見知らぬ男性からこんな言葉をかけられた。

「恥ずかしいも何も、皆と一緒で真剣にやってますから」

さらっと言い返す祖母。

「で、その人何って言ったの？」

「黙ーっとった」

男性は何も言えず去って行ったそうだ。

祖母は自然と人を引き付けるが、上手に離すことも心得ていた。

この男性の試験結果を知ることはできないが、祖母は見事合格。祖父と共に海へ出た。

ちなみに、祖父が文字を書いているところを見たことがないので、祖父の試験はどうだったのか尋ねると、これまで船に乗っていた経験から、口頭試験ですんなり合格したらしい。

生まれ故郷に戻った祖母。新婚生活は、特に甘い話は聞かなかった。

義両親《りょうしん》・義弟妹《きょうだい》やその家族と共に生活するのも珍しくない時代。祖母の生活も例外ではなかった。

毎月お金が残らないのを、何かに使っているのではないかと祖父から疑われたこともある。

「腹ん立って、腹ん立って」

祖母は帳面を出し、

「『油代にいくら、網代にいくら、食事にいくら……こんだけかかれば、何《なん》も残らん！』ピッシャリ言い返したら、じー（祖父）は黙ーっとった」

と言っていた。ここにもまた黙る男がいた。

厳しい生活の中、漁の合間に食事を用意し、風呂は一番最後に入る。寄り合いがある日は、仕事を抜け一旦帰宅。外の流しの陰に隠れ、ささっと汗や魚の臭いを流し公民館へ向かった。

祖母が海に落ちた時、祖父は助けもせず黙々と仕事をしていたらしい。寒さに震えながら岸へ上がり、濡れた体のまま車を走らせ、着替えてから、仕事に戻ったと言ったので驚いた。

「え!?　ばーちゃんば助けんかったと!?（助けなかったの）」

「どがん思ったとやろうか（どう思ったのか）、知らん！」

祖父にその時のことを聞き返すこともなく、今に至るのだ。

そんな訳の分からない昭和時代の男は、仕事熱心ではあったので、小さかった船はどんどん大きくなった。成長した息子が跡を継ぎ、祖母は船を下りた。

とは言っても、船が港に着けば、氷やトロ箱（木の箱）を用意し、魚の出荷にと相変わらず大忙し。

こんな中でも、祖母は更に仕事を見つけ、産院でも働いた。

嫁いだ頃は、姑からいびられもしたが、この頃になると、産院でもらったお菓子を見て「今日は生まれたとかー」

と声がかかるようになっていた。

毎日忙しく働く祖母。掃除に洗濯、畑の仕事まで、どこにそんな時間が？　と思うが、朝から晩まで寝る間もなく働いてきたのだ。


それから月日は流れ、産院での仕事を引退。ほどなくして、町には雪がちらつき珍しく積もりだした。

海側からの強い風が吹きつける中、雪で動かなくなった車を降り、山を下る祖母。トンネルを抜け、町をいくつか通り過ぎ——、以前の勤め先まで歩いた。

生まれたばかりの私に、会いに来てくれたのだ。

餅つき

小高い丘の上に立つ和風建築の我が家。

新しい家には私に続き、長男・次男・妹が誕生した。孫四人の世話も加わり大忙しの祖母。

当時、妊娠中の母に代わり、保育園へ迎えに行けば、幼い次男を背負い、荷物と布団を両手にかかえ坂を上がる。そこへ私や長男が抱っこをせがんでくるので、

「もう、あん時は泣こうごとあった（泣きたかった）」

よっぽど迷惑をかけたのだろう。何度も私に言っていた。

幼い私にそんな記憶はなく……。

家に帰る道のりを競走し、祖母がいつも一着を譲ってくれたことは覚えていた。

あの頃の私は、自分が祖母より足が速いと信じていた――。


そんな優しい祖母の割烹着姿は、実に様になる。清潔感あふれる白。襟元に刺繍やレースが施されたデザインは、ザ・おばーちゃんといった感じで良く似合っている。

その割烹着をまとい、お盆になればおはぎと饅頭を作る。饅頭の葉を摘んでくるのは私の役目。大役を任されたと言わんばかりに海沿いの道から程よい大きさの饅頭の葉を摘む。

その後、私もお手伝い。

一緒になって饅頭を丸めるのだが、これがどうも上手くいかない。手のひらに生地を乗せ、餡を置き、生地の端を摘みながらまとめ上げる。下のほうに粗《あら》を隠して何とか完成させるが、あまりにもひどい出来の饅頭は、祖母に手直しをお願いする。

割烹着のキュッとなった袖口から伸びた祖母の手は、するするするっと、どんないびつ

な形でも綺麗な丸に仕上げていく。

おはぎも同様。湿らせた布巾を小皿の上に張り、ささっと餡を引いた上にもち米を乗せくるっと包んでハイ、完成。


年末になると、家族総出で餅つきだ。祖父や父が時化で漁に出ない時を狙うため、風が強く雪がちらつく日がほとんどだ。

餅つきの話をすると、よく臼に杵をつく姿を真似されるが、そんなことをしていたら日が暮れてしまう。何十升もつくので、昔から機械を使っている。

以前は親戚にも手伝ってもらっていたが、孫も大人になり、試行錯誤しながら作業効率を上げてきた。

庭の片隅にあるかまどに火をくべる。パチパチと音が鳴り、煙が上がる。

前の晩から水に浸したもち米をせいろに移し入れ、釜に乗せる。この時、コトンと音が鳴らないよう、そーっと乗せるのがコツだ。コトンとせいろが重なると、その振動でもち米の目が詰まり、ふっくら炊けないのだ。

かんころ餅作りも欠かせない。かんころ餅とは、さつま芋を薄くスライスし、もち米と混ぜてつきあげる長崎県五島地方に古くから伝わる郷土食。

皮をむいて、薄く切ったさつま芋を大鍋で茹でる。それを何日もかけ天日干しし、しっかり乾燥させる。途中、雨が降れば急いでシートをかけたり、縁側へ避難させたりと家族皆で大忙しだ。

この芋をもち米と一緒に蒸し、餅つき機に通す。出てきた餅に砂糖を混ぜ、もう一度機械に通し、ナマコという楕円形に整えれば完成だ。

かんころ餅用のさつま芋も、畑でせっせと作っている。手間暇かかるこの作業。我が家の意気込みを分かっていただけただろうか？


つきたての白餅は、大きな桶の中に入れられる。熱々の餅に祖母は表情一つ変えず、鏡餅と小餅にささっと分けていく。一心に動かすその手から、魔法のように作り出されるぷっくりと綺麗な餅。私も横で丸める手伝いをするが、真似る私の手からは何故かシワだらけの物体が出来上がる。

「ばーちゃんの顔みたいのが出来た！」

と言うのが、恒例の言い訳。毎年繰り返されるこの光景は、いくつになっても祖母にはかなわないなと思い知らされるのである。

特訓

小学校へ上がった私は、山を越え隣町まで通っていた。子どもの足で一時間程かかるこの道は、祖母や祖父、そして父も歩いた道だ。

途中で友人と別れ、意気揚々と帰宅していた私。やっと我が家が見え、酒屋さんの横を下ろうとしたとたん、視界が一気に崩れ落ちた。

一瞬の出来事で訳が分からずにいたが、要は穴に落ちたのだ。気づくと、いびつな石でできた側溝の蓋と蓋の隙間に、右足がすっぽり入っていた。

「わー!!」

驚いて勢いよく声を上げた瞬間、

「どげんしたと～（どうしたの）」

柔らかい声が、下の方から聞こえてきた。見ると、坂を下りきった先に祖母が立っていたのだ。

（さっきまで、そこには誰もいなかったはず……）

この祖母の登場で、私は泣くタイミングを失い、地面に埋まったような状態から救出された。

家に帰りつき、傷だらけになった足に一枚一枚絆創膏を貼りながら、

（あの時ばーちゃんは、どこから現れたのだろう？）

と、不思議に考えるのだった。

こんなことを繰り返す私の膝小僧は、常にかさぶたができ、その跡が星印のように目立っていた。

「こまーか頃から、よー転びよった（小さい頃からよく転んでいた）」

祖母や家族から言われるだけあって、物心ついた時には、かけっこはいつもビリだった。そんな私と正反対の祖母は、運動会で保護者として走ってくれることもあった。

「あのおばあちゃんには負けけんよ～」

自分の番がくるのを待っていると、近くで余裕そうに話す声が聞こえた。祖母はそしらぬ顔でスタート位置につき、

「ポン抜き（ごぼう抜き）して見せた」

と言っていた。

「勝てると思ってたのにー!!」

悔しがる声を聞きながら「ふふん」と一番を取ってくるのである。

おばあちゃんだからと、甘く見てはいけない。町内の運動会では、リレーの選手として選ばれるほどピカイチの走りなのだ。小柄な体をうまく使い、コーナーを素早く回る。そ

して、みんなの声援にきちんと応える人なのだ。

素晴らしい祖母を身近にしながら、似ることなく育った私は、持久走大会という局面にぶち当たった。練習では女子二十四人中、十九位。下から数えたほうが早いというのはこのことだ。

（このままではイヤだ！）

そう思い立った私は、祖母に練習をお願いした。

もちろん祖母は快く引き受けてくれ、冬休みの間、毎朝三キロ走った。最初は歩くことも多かったが、祖母は常にそばにいてくれた。

暇なのか私のことを面白がっているのか、長男が自転車でついてくる。坂の多い地形のため、途中で荷物のようになる自転車を横目に走る日々。

ストップウォッチや腕時計を持っておらず、タイムが計れなかったが、冬休みが終わる頃には、何となく以前より速くなっている気がしていた。

大会当日。コースは学校周辺の道だが、運動会と違い保護者の応援はない。祖母との練習を思い出しながら一生懸命走った。ゴール直前は接戦だったが、見事六位入賞。六位までは賞状が貰えるため、頑張った証を祖母に見せることができた。

私の人生において、『練習は実を結ぶ』ということを学んだ出来事だった。

縁側

家の中央を走る廊下を進むと、玄関・縁側へと続く。L字型の縁側の奥は、天日干しされた布団が取り込まれ、無造作に重なっていた。

その中の一枚、えんじ色をした分厚い毛布が何故だか私を呼んでいるように、その日は思えた。

そっと足を入れると、長い毛足が心地よくそのまま体を滑り込ませる。

（あー、ふわふわ）

あまりの気持ちよさに眠気が……。


「うんは、こけーおったとか？（あなたは、ここにいたの）」

目を開けると、明るかった縁側は真っ暗で、日はとっくに暮れていた。

毛布から頭だけ出し、目の前に立つ祖母を見上げた。

（見つけてもらえてよかった）

ちくわの中のキュウリかチーズのような状態の私は、そこから抜け出し、お腹を空かせ台所へと向かった。

ペーロン

玄関先に飾られた大きなガラスケース、の中の細長い木製の船。船の上には、かき手と呼ばれる男衆が左右二列に並び、手には櫂を持っている。中央に銅鑼と太鼓叩き、後方には舵取りが立つ。奥の側面は鏡となり、まるで二隻が競漕しているように見えるこの船は、江戸時代から長崎に伝わるペーロンだ。

祖父はこの舵取りを任され、毎年初夏になると優勝を狙い、練習に精を出した。長崎代表として、東京の墨田川の大会に出場したこともある。

昔、テレビの取材で、祖母は祖父のことを「顔までペーロンのごとしとる（みたい）」と言っていた。それだけこの海の祭りにお熱だったのだろう。

その映像の中で、祖父を応援している祖母は、今より若くスマートな姿。もちろん祖父や父も若いが、自分が知らない時代の家族見たさに、何度もビデオを再生したものだ。

（はて、あのビデオテープはどこに行ったのだろう？）

ペーロンの時期は、銅鑼の音《ね》が町に響き渡る。

岸壁から声援を送り、静かな町がこの時ばかりは活気づく。

夜の練習では、豚汁やぜんざいなど温かいものが振る舞われた。

炊き出しに向かう祖母に連れられ応援に行くと、海水を浴びずぶ濡れになった男性達が——。水も滴る〜という言葉の通り、海の男を見て育った私の幼少期だった。

ヒマワリ

我が家の庭にはたくさんの花が育つ。

・椿……祖母が一番好きな花だと答えた、石段横の花。
・ハイビスカス……祖母が接ぎ木したものが根を張り、雪の日にも花をつけるほど。
・アジサイ……茎はまるで木のように丈夫で梅雨を彩る。
・サルスベリ……玄関先に自生し、昔からここにいましたと言わんばかりに大きく育ち、ピンク色の花が揺れる。

そんな年中賑やかな庭に、学校で貰ったヒマワリの種を植えた。
(早く芽が出るといいな)
(毎日お世話しないと)
(大事に育てよう)

そう思っていたが、芽がでるまで植えたことすら、すっかり忘れていた。

ぽんぽんぽん。庭を通った際、規則的に三つ並んだ双葉を見つけ、しばらく考え込んだ。

（これは私が植えた……、よね？）

記憶を引き出すのに少々時間がかかったが、その日からは、しっかりとお世話をした。

土が良いのか、私の愛情が効いたのか、ヒマワリはどんどん伸びた。

祖母が添え木をしてくれ、更に成長したヒマワリは、私の背をゆうに超え大きなな花をつけた。花が枯れれば種が取れる。来年も植えようと楽しみにしていた矢先、台風直撃となった。

雨戸を閉めただけで、昼間でも暗くなる部屋。玄関に鍵をかけ避難していたが、ヒマワリのことが気になり祖母に相談した。

風の具合を聞きながら、祖母は庭へと向かった。強い風と雨が降りしきる中、私も後を追う。

ヒマワリは添え木のおかげで、しっかりと立ってはいたものの、花の付け根はポッキリと折れ、だらんと下を向いていた。

その何とも無残な姿に悲しくなったが、少しの希望を持って花を引っ張る。身長が足りず、伸ばした腕に力が入らない。大きく育った太い茎、子どもの力で花を取り外すことはできなかった。

結局三つとも祖母に外してもらい、二人で花を抱えて玄関へと飛び込んだ。

暗がりの中、雨に濡れたヒマワリの花は、近くで見るとこんなにも大きかったのかと思うほど立派だった。ただ、玄関マットの上に並んだ花は種が成熟しておらず、少しでも乾けば種が採れるのでは……と期待したが、残念ながら収穫することはできなかった。

台風という危険な中、祖母にここまでしてもらい、諦めがついた。後にも先にも、あんなに大きなヒマワリは見たことがない。

文字

歌い手を頼まれる祖母。夏祭りでは、櫓に上りマイクを握る。そんな姿を子どもの頃から見て育った。

「歌詞ばノートに書いてくれんか？」

祖母が私にお願いをしてきた。聞けば、いくつかあるという盆踊りの歌。印刷された歌詞は、文字が小さく見えにくいとのこと。

当時、習字教室に通っていた私は、任せてとばかりにノートに大きく書き写した。今思えば、お世辞にも上手とは言い難い文字。

「見やすーなった（見やすくなった）」

祖母はとても喜んでくれ、ノート片手に歌の練習を始めた。

盆踊りの歌詞に、とある男性が隣町の娘に恋をしたと言うくだりがある。

『立てば芍薬、座れば牡丹、歩む姿は姫百合の花～』

子どもながらに、祖母みたいな人だなと思ってしまう。褒めすぎだろうか。

しかし、いつ聴いてもいい声をしている祖母。毎週のど自慢はかかさず見ており、私もついつい一緒に見てしまう。

「ばーちゃんも出ればいいのにー」

家族でよく言っていたが、田舎のため出場の機会には恵まれず、祖母の歌声は町の宝となった。

祖母にも苦手なことがある。これまでの話でお気づきかもしれないが、字を書くのを恥ずかしがる。

そのため、香典袋を書いて欲しいとよく頼まれた。

四角い袋と向かい合うと、緊張してしまい、

「あ、字が曲がった」

中心からずれたり、文字のバランスに苦戦する。書き直したいが、

「読めさえすればよか（読めればいい）」

祖母がそう言ってくれるので、書き上がった香典袋をそのまま渡す。

「よー書けとる（上手に書けてる）」

文字を見てとても喜んでくれる。お世辞を言わない人にそう言われると自信に繋がる。

（また書いてあげよう）

そう思わせる祖母は、褒め上手だ。

廊　下

怖いもの無しの祖母。

ゴキブリもピッシャリ叩き殺し、幽霊は見たことがないと言い、堂々としている。

そんな祖母を脅かすのは、私の楽しみだ。廊下の角から飛び出したり、背後にこっそり近づき「わ!!」っと脅かす。

何事にも動じない祖母が、この時ばかりは良いリアクションをしてくれる。

驚いた表情を見るのが好きで、止められない。

「この子が～」と私に言いながら、いつもの祖母に戻るのが癖になる。

そんなことを続けていたある日、母に言われた。

「そんな脅かさんと！　心臓が止まったらどげんすっと！（どうするの）」

「……」

まさに。祖母に死なれては困る。切実にそう思い、この日を境に、私は祖母を脅かすのを止めた。

私の楽しみは、祖母と一緒に長ーく過ごすことだから。

お茶

祖母の嗜好品は、お茶。コーヒーは飲まない。毎日の水分補給はお茶というほど、よく飲み、食器棚には、急須や湯呑がたくさん並んでいる。

緑茶・玄米茶などを好み、庭に生えているドクダミは自分で煎じて飲んでいる。ドクダミを雑草と思い、引っこ抜こうとしたところを、何度祖母に止められたことか。子どもの頃は『毒ダミ?』と思っていたが、今ではモデルが愛用していると聞き、あの時一緒に飲んでいれば——と後悔している。

祖母のルーティーンは、朝一番に入れるお茶。五つほど並べた小さな湯呑に注いでゆく。ご先祖様・亡くなった家族や友人の名前を呼びながら、お茶を順繰りに回し入れる。仏壇や神棚に上げる訳でもなく、誰よりも先に故人に飲んでもらうお茶を入れるのだ。そして、台所の窓辺に置き、

「よし乃が入れたお茶です。どーぞ飲んで下さい。今日も一日、家族皆が災難の無いよう見守っていて下さい」

と、手を合わせ祈るのだ。

それから、自分の茶を入れ一服するのがお決まりとなっている。


「セキノ、タエコ～」

友人の名前を呼ぶ祖母の横で、

「タカコ、マッコー」など全然違う名前を私が言うと、手を止め笑いだす。

「あろー、どこまで言うたか忘れた」

そう言い、また始めから名前を呼びながらお茶を入れるのだ。


とある休日、ふてくされた顔で祖母の元へ行く私。台所のテーブルに腕を乗せ、母との喧嘩の事をぶつぶつ言っていると、コトンと目の前にお茶が置かれる。

「どがん言うても、親様だから」

ふふんと笑いながら言う祖母。

そしてしばらくすると、

「ほら、そろそろ洗濯物ば取り込まんば」

お茶を飲み終えた私は、母を手伝うよう祖母に促されるのだった。

嫌な事があり、祖母の元へ行った日には、

「あーこの人《もん》は、こげん人《もん》（こんな人）って思いなさい」

お茶を片手に、あっさりと言われる。

子どもの頃はそうはいかず、しばらくモヤモヤしていたが、毎度祖母から言われていると、この言葉はしっくりくるもので、お茶を飲んで気持ちが楽になっていった。


ある日、お茶を飲もうと思った私は「お茶いる？」と祖母に尋ねた。

その言葉に祖母は、何かを思い出したかのように「ふふっ」と笑った。

不思議に思い尋ねてみると、祖母も昔、父（曾祖父）にお茶を飲むか尋ね、

「誰も出されて飲まん人《もん》はおらん」

と言われたそうだ。

子どもながらに、昔の祖母と同じことを尋ねていたのが何となく嬉しくなった。

『聞かずに出しなさい、出せば飲む』と言う事を学んだこの日は、いつもより丁寧にお茶を入れた。祖母とのんびりお茶を飲んだ、午後のひと時だった。

運転

Q：祖母が最後に運転をしたのはいつ？

A：遅刻しそうになった私を高校まで送った時。

再三お伝えするが、祖母と違い私は動きが遅い。朝の準備もゆっくり。もしくは、準備していないからバタバタだ。そのことで母に怒られながら車で送ってもらったり、バス停まで走る姿をご近所さんが見るのはいつものことで……。

「もうちょっと早う家ば出たらよかって、あたしは思うとよ」

学校帰りに挨拶したおばさんからはこう言われる始末。

今回も起きるのが遅く、用意が間に合わずバスに乗り遅れてしまった。両親は漁に出て家にいない。次のバスに乗れば？　と思うだろうが、バス停が始発終点のこの町にそんな頻繁にバスが通うはずもなく。

（さすがに今日は遅刻かぁー）と諦めた時、プップーと外でクラクションの音がした。

裏口を開けると、祖母がワインレッドの軽自動車に乗り、「行くよ！」っと言わんばかりにスタンバっていたのである。

ここ数年、祖母が運転する姿を見ていなかったため、驚きと同時に笑顔になる私。助手

郵 便 は が き

料金受取人払郵便

新宿局承認

2523

差出有効期間
2025年3月
31日まで
（切手不要）

1 6 0-8 7 9 1

1 4 1

東京都新宿区新宿1－10－1

(株)文芸社

愛読者カード係 行

ふりがな お名前		明治 大正 昭和 平成	年生 歳
ふりがな ご住所	□□□-□□□□		性別 男・女
お電話 番 号	（書籍ご注文の際に必要です）	ご職業	
E-mail			
ご購読雑誌（複数可）		ご購読新聞	新聞

最近読んでおもしろかった本や今後、とりあげてほしいテーマをお教えください。

ご自分の研究成果や経験、お考え等を出版してみたいというお気持ちはありますか。

ある　　ない　　内容・テーマ（　　　　　　　　　　　　）

現在完成した作品をお持ちですか。

ある　　ない　　ジャンル・原稿量（　　　　　　　　　　　　）

書　名					
お買上 書　店	都道 府県	市区 郡	書店名		書店
			ご購入日	年　月　日	

本書をどこでお知りになりましたか?

1.書店店頭　2.知人にすすめられて　3.インターネット(サイト名　　　　)

4.DMハガキ　5.広告、記事を見て(新聞、雑誌名　　　　)

上の質問に関連して、ご購入の決め手となったのは?

1.タイトル　2.著者　3.内容　4.カバーデザイン　5.帯

その他ご自由にお書きください。

(　　　　)

本書についてのご意見、ご感想をお聞かせください。

①内容について

②カバー、タイトル、帯について

弊社Webサイトからもご意見、ご感想をお寄せいただけます。

ご協力ありがとうございました。

※お寄せいただいたご意見、ご感想は新聞広告等で匿名にて使わせていただくことがあります。

※お客様の個人情報は、小社からの連絡のみに使用します。社外に提供することは一切ありません。

■書籍のご注文は、お近くの書店または、ブックサービス(0120-29-9625)、セブンネットショッピング(http://7net.omni7.jp/)にお申し込み下さい。

席に乗り込み、シートベルトをして、いざ出発！

石垣が続く畑道を抜け、家々を通り抜ける。

洗濯物を干していたご近所さんが祖母に気づき、笑顔で手を振った。祖母はそれに応えるかのように、片手をヒラヒラ振って挨拶。カッコイイと一瞬思ったが、

「ばーちゃん、ハンドルしっかり持って！」

思わず叫んでしまった。

遅れたお前が言うなー!!　と今なら自分に突っ込みたい。

そうこうして、遅刻することなく無事学校へ到着した私。祖母にお礼を言い教室へと向かった。

（これで一安心）と思いきや、今度は祖母が無事に帰れたか気になりだし、授業中、不安でしかたなかった。

今でも家族や親戚が集まると、話題にあがるこの出来事。祖母最後の運転エピソードである。

寮

実家を離れることになった私。福岡の専門学校でファッションを学ぶためだ。新しい環

境での生活は、私の体に不調として現れた。

入学して一週間、風邪のような症状が続き、やっと迎えた休日。熱も下がり、だいぶ体調が良くなった私は遅めに起きた。寮の皆は街へ買い物に行っている。私もルームメイトに誘われたのだが、体を優先した。健康が取り柄の私が、珍しく弱っていた。

鉄筋コンクリートのこの古い寮は、元々療養所だったらしい。祖母が昔働いていた療養所とは明らかに雰囲気が違うであろうこの寮。二階の突き当たりが私の部屋。角部屋だが日当たりはそんなに良いようには思えない。

いつも賑やかな声が飛び交う廊下は、しんと静まり返っていた。

四月の陽気とは異なる肌寒さを感じながら、薄暗い一階へと下りて行く。

玄関を出れば、道を挟んだ裏門から、学校の様子を覗くことができる。誰もいない中庭を横目に、隣のスーパーへと向かう。

何とか食べれそうな気がしたプリンを買い、真っすぐ部屋へ戻って行った。


一人テーブルに向かい、しんみりプリンを食べていると、母からの電話が鳴った。

「どがんしとる？（どうしてる）元気？」

都会への憧れが強く、我がままを言って出してもらった手前、新しい生活を楽しいんでいるよと強気で話す。

するとと祖母に電話が渡り、

「元気にしとるかー」

「……」

声を聴いただけで、涙で視界がにじむ。祖母の前では、強気ではいられなかった。

このままでは、泣いていることに気づかれると思い、短い言葉を使い返事をする。

そして、声が震える前に電話を切った。

(隠しきれただろうか？　やばい)

祖母の声は涙のスイッチだった。

ティッシュで目を押さえていると、今度は部屋の重い鉄ドアがノックされた。

「どうぞ」

入ってきたのは、上の階に住む強めなファッションの子。同じクラスではあるが、まだきちんと話したことはなかった。

「起きたら、みんないなかった～。一緒に食べていい？」

ビニール袋に入ったお弁当を提げながら、ふらっと入ってきた。

一階にあるカードの色で誰が部屋にいるか分かるようになっている。それを見てここへ来たのだろう。

ティッシュ箱を脇によけ、テーブルを空ける。

向かい合って座り、泣いていたのがバレないよう話をした。お互いの出身の話などをしたと思うが、この時から体調は元に戻り、個性の強い友人ができた。

古さのせいか暗く感じる寮も、友人が増えると楽しいもので、誰かしらの部屋によく集まった。そんな時は、自然とお菓子を持ち寄り、実家からの贈り物もお裾分け。

祖母がよく作ってくれる蒸しパンは、私のお気に入りだ。マドレーヌを作る要領で材料を混ぜ、オーブンで焼かずに蒸す。レーズンがアクセントになりとても美味しく、トースターでちょっと焦げ目をつけると更に良い。

そんな実家から届く荷物は、母が上手に加工した段ボールに詰められている。

(こんな綺麗な段ボール家にあったかな?)

箱を開けると、内側がビールの銘柄、外側は無地。うまい具合に表裏を逆にし、綺麗に梱包されている。

ある日、いつもの段ボールとは明らかに違う箱が私のもとに届いた。

送り主は祖母。段ボールの側面に書かれた文字をみて、まさかと思い開けてみると、中には緩衝材の上にきちんと並んだ枇杷が入っていた。しかも、贈答用。

「そこまでしなくてもー」

お礼とともに、電話口で伝えると、

「ばーちゃんが、したかっただけやけん。皆で食べんね」

優しい声が返ってきた。

シーズンものなので、前もって注文してくれていたのだろう。なんと孫想いな。

翌年も同じように立派な枇杷が届き、私の寮生活はとても楽しいものとなった。

墓石にて

長い闘病生活を送る祖父のそばには、いつも祖母がいた。というより、祖父が離さなかった。

「よかおなご（良い女）」

声がまだ出ていた時は、看護師・主治医はもちろん、他の患者さんにまで言っていた。

「家に帰りたか」

よく病室で言っていた祖父は、墓をきちんと用意して旅立った。葬式の希望もしっかり伝えていたが、肝心の遺影は決めていなかった。

家にある祖父の写真を集め、あーだこうだいいながら、皆で一枚の写真を選んだ。

玄関先で葬儀屋さんに渡す。

「この写真でお願いします」

「服はどうしますか？」

「え？」

対応していた私と父は、葬儀屋さんが言っている意味が分からず、聞き返した。

「あの……服とは？」

「紋付かスーツか、どちらにされますか？」

「え、どっちかな？　紋付で。あ、いやスーツ？　ちょっと待ってください！」

「おかーさーーん!!」

決めきれず母と叔母登場。

「やっぱり、じーちゃんはスーツじゃなかと？」

二人のおかげで、すぐに決まった。


葬儀は我が家で執り行われ、気候が良い五月にもかかわらず、珍しくこの日は雨が降っていた。

「故人を惜しむように、雨がしとしとと――」葬儀屋さんが、涙をそそるようなことを言っていた。

（さすがプロ、うまいこと言うな）

そんなことを考える私もどうなのだろう。

祖母は涙を見せることなく、いつもの祖母だった。

亡くなった祖父と病室で対面した時は涙を見せた、と誰かが言っていた。

「はい、これ」

母から茶碗を渡された。

それを受け取り、何のことだかさっぱり分からずにいると、

「ばーちゃんに聞かんね」と言われた。

近くにいた祖母を見ると、袋を持って縁側に行くよう促された。

渡された茶碗は、祖父が使っていたものだ。

この世に心残りがないように、『壊す』と教わった。

「袋は？」

「そんまま割れば、飛び散るやろう」

あっさり言われた。

（ほう、そんな風習と知恵があったとは）

納得しながら茶碗を袋に入れ、縁側から投げた。

がちゃん。

食器の割れる音――袋を回収し、儀式は終了。

もうあの茶碗が、どれくらいの大きさでどんな絵柄だったのか、全く思い出すことはできない。


納骨の日は、とても良い天気だった。

祖父が用意した新しい墓は、ピカピカと輝いていた。

すぐそばにある本家の墓へ向かった父と私を待ちながら、妹は祖母に尋ねた。

「父ちゃんたち、何ばしよっと？（何してるの）」

「うんは、知らんかったとか（あなたは、知らなかったの？）」

妹はこの時初めて、祖母から祖父の前妻の話を聞いた。そして同時に、祖母と自分の関係も知ることとなった。


「姉ちゃん、いつ知った？」

妹の言葉に、あーそのことかとすぐに分かった。

「中学生の時に、ばーちゃんから聞いた」

答えながら、何となく妹の気持ちを考える。

祖父の最初の妻は、体が弱く亡くなったと聞いている。写真はない。本家の墓石に名前が彫られているだけだった。

私も、聞いたときは衝撃だった。自分がまだ子どもだったせいか、祖母と血が繋がっていないという事実だけが、どうしても頭の中をぐるぐる回り、祖母と会話をする度に色々考えてしまった。

（誰も悪くないのに何だろうこれ……）

無意識に余計なことが浮かび、自分が祖母に見せている声と表情に、何だか自信が持てなくなっていった。

ただ、この感情は一時的なもので、一か月も経てば、今までと変わらず過ごしている自分がいた。

何か答えが出たと言うわけではないが、祖母は、私達きょうだいをいつも可愛がってくれた。平等に接し、物事を真剣に教えてくれた。その事に変わりはなく、これからも私達の『大切な祖母』であることに変わりはないのだ。

祖父も悲しい別れをしたが、祖母と結婚して幸せだったと思う。とても幸せ者だったに違いない。

闘病中、何度も何度も言っていた。

「ばーちゃんば、可愛がってくれろ」

祖母を残していくことを、とても気にしていた。

王冠の取れたビール

法事で人の出入りが多かった我が家。

既に社会人となっていた私も帰省し、お手伝い。

祖父の茶碗が消えた台所では、女性陣がせわしなく動いていた。

お茶を出して空いた皿を下げ、グラスを洗い、また出して――。座敷と台所を行ったり来たり。

そんな中。冷蔵庫に王冠の取れたビールが一瓶、他のビール瓶とともに並んでいた。

「何これー？」

「誰が入れたと？」

犯人捜しだ。

「知らなーい」

「ていうか、ビール好きはこんな飲み方しないよね」

「間違えて入れたんじゃ？」

などと話しながら。

結局、誰か酔った人が入れたのだろうということで、その瓶は片付けた。

次に帰省した時も、冷蔵庫を見るとまた……。

（本当に誰なんだろう）

不思議に思いながら冷蔵庫から瓶を取り出した。半分は残っている。

「もったいないことするなー」

外の流しにビールを流そうとしたところ、

「捨つんなー（捨てるな）」

振り向くと、勝手口の扉を押さえながら祖母が私の手元を見ていた。

（祖母はお酒は飲まないのだが……？）

不思議そうな顔をする私に

「ビール漬けに使う」と、まさかの一言。

犯人は、祖母であった。驚きはしたものの、昔、祖母がキュウリのビール漬けを作ってくれたのを思い出した。確かあの時は、病院の待合室にいた人達が、話しているのを聞いて、真似て作ってみたのだと言っていた。

「あー、あのビール漬け！」

懐かしい記憶が蘇る。

「また食べたい！」

ビール瓶を祖母へ渡しながら伝えると、上機嫌で出してくれた。

その姿を見ながら、『料理は盗むもの』としっかり教わった気がした。

ばーちゃんの部屋

未亡人となった祖母。寂しくないだろうかと心配していると、従姉の結婚式でブーケをゲットしたので、幸先は良さそうだ。

その頃の私はと言えば、仕事で長崎出張が入り、実家へ帰る機会が増えていった。勤め先からホテルへの宿泊も勧められたが、家族が恋しいので実家からの勤務とさせてもらった。

『ばーちゃんの部屋』と呼ばれるこの部屋は、言わば祖父母の寝室だ。畳部屋で、襖の奥には祖母の嫁入りダンスが並んでいる。

その反対側の障子を開けると、大きなガラス戸から庭が見渡せるようになっていた。花好きの祖母に似合う部屋だ。

祖父が使っていたベッドを寝床にし、祖母と同じ部屋で寝る。

(子どもの頃は、ここで布団を並べ、みんなで寝ていたな——)

祖父と祖母と孫四人が寝ていた部屋は、今はベッド二台でキツキツである。

(ばーちゃんが生活しやすいよう片付けないとな)などと考えながら目を閉じた。

会社に戻り、洋服を扱う私。この日は黙々と商品整理。感覚で作業を進めているので、手は動かすが頭の中では色々なことを考えられる。

ふと、子どもの頃祖母の部屋で寝ていた時のことを思い出した。

布団の並びは、入口に近い方から、祖父・私・祖母・弟や妹の順である。

朝起きるとたまに、私・祖父・祖母——となっている時があった。

「あれ？　なんでー？」

寝る前と違う並びを、不思議に思っていると
「夜中に、そけー（そこに）自分で行った」

祖父から言われ、

「え!?　私、そんなに寝相悪いと？」

とショックを受けた。

（ゴロゴロ転がって、祖父を乗り越えるほど寝相が悪い日もあるんだな）

その時はそう納得していたが、

（あれ？）

洋服に埋もれながら、思わず事務員さんに声をかけた。

「あのー私が子どもの時の話なんですけど〜。これってー」

「え！　その時おじいちゃん達いくつよ」

ニヤニヤと笑う事務員さんに、

「えっとー」

自分の年齢と逆算しながら、祖父に長年騙されていたことに気づくのだった。

茶飲み友達

今月も出張という名の里帰り。この頃には、愛嬌のある犬が家族として加わり、祖母の相棒となっていた。

朝。祖母の部屋から眠い体を起こし、裏口を覗くと、犬はまだ眠ってる。

ミシっと一か所だけ鳴る廊下の板を踏み、角を曲がると突き当たりが洗面所だ。

顔を洗っていると、

「よーい!!」

どすのきいた声とともに、ドタドタと足音がしてきた。思わず後ろを振り返ると、知らないおじさんが横切って行った。

(何事!?　しかも誰!?)

慌てて居間へ向かうと、

「うんは誰か？（お前は誰だ)」

大きな声で言ってくる。

(いやいや待って、それはこっちのセリフ)

そう言い返したいところだが、我慢。

私は今から仕事。化粧をして出勤しなければならない。無礼なおじさんに言いたいことはやまやまだが、祖母が茶を入れているので、腹立たしい気持ちを抑え、バス停へと向かった。

その日の夜。

祖母がいる家の隣には、もう一軒、父と母が住む家が立っている。子どもの成長で手狭になり、建てたのだ。

遅くに帰宅した私は、ここで夕食を取りながら、今朝の怒りを家族にぶちまけた。

「ありえない！　人の家にズカズカ勝手に入ってきて!!　しかも何!?　あの態度！　失礼にもほどがある！」

「あぁ、勝男なー。ありゃぁ（あの人は）、声のでかかもんなぁ」

横で聞いている父は笑って答えた。付き合いが長いのか、あの態度のでかいおじさんは勝男と言うらしい。

「それにしても!!」

怒りを抑えきれずにいる私に、今度は次男が、

「この田舎で、勝手に入ってきても別に珍しくなかろー」

そう言われると、

「え……あ、まぁ」と答えるしかない。

都会に多少染まり忘れていたが、ここはそういう町である。私の怒りは行き場をなくした。

母もこの町に嫁いできたときは、

「おらんとねー（いないのー）」

と言いながら家に入ってきた近所のおばさんに驚いたそうだ。

「おったから良かったけど、おらんかったら、どがんするつもりやったとやろうね～（家にいなかったら、どうするつもりだったのか）」

と言っていたのを思い出す。

話を戻すが、この勝男というおじさんは祖母のお友達。家も我が家から数分の所にあり、船乗りだったので私が顔を知らないだけだった。海の仕事を引退した今は、父達を手伝ってくれたりもするそうだ。

その後も、この横柄なおじさんはやって来た。そっけない態度で接する私。

（まさか祖母を口説きに来ているのか？）

目を光らせていたが、祖母にお菓子や便利グッズを持ってきて、茶を飲んでは帰っていく。単に、祖母と話すだけのようだ。

その後わかったことは、勝男は耳が遠いため会話する声が大きい。そして、色黒のせいか怖がられる。

しかし、慣れというか何なのか、この大きな声も愛嬌に変わり、（あ、今日も勝男が来てる）と思うようになり、挨拶を交わすのである。

祖母が留守の時は、私がお茶を出す。よっぽど祖母に話したいことがあったのか、一日に三回来た時もあった。今では私が茶飲み友達である。

生菓子

仕事帰り、祖母に甘いお菓子を買って帰った。街でしか買えない生菓子はとても喜んでくれる。往復三時間以上のバス通勤も祖母の笑顔を見れば苦ではない。

街のアーケードから、少し脇道に入れば老舗が立ち並ぶ。

もともと長崎は異国情緒あふれる街だが、クルーズ船が入港した日ともなれば、外国の方が行き交い、まるでフランスのパサージュのように私には見えた。

百貨店に期間限定で出店しているわらび餅を買って帰った時。

「ばーちゃん、今日はわらび餅買ってきたよ」

「わらびってやー」

なんだか残念そうな祖母の声。わらびと聞いた祖母の表情から、山菜のわらびが真っ先に浮かんだようだ。ネーミングだけだと祖母にとっては、珍しくない食べ物だったのだろう。

だが、一口食べ、

「こりゃぁ、うまか。より子おばさんの分も買ってきてくれんか？」

仲の良い友人にも食べてもらいたいほど、気に入ったようだ。

その後も、出張先で仲良くなった販売員さんにお勧めのお店を聞いては、祖母への土産を買いに行く。

夏の暑い日、大きなホールケーキを買って帰ったこともあった。祖母の誕生日ケーキだ。お店がバス停の前なのがありがたい。バスの中は冷房も利いている。座席でしっかり抱えてさえいれば移動は問題ない。

しかし、店で一番大きいサイズを注文しただけあって、なかなかの重さだ。

私が帰宅した頃には、祖母の誕生日会は始まっており、祖父の遺影が飾られた座敷は賑やかだった。

「ケーキ代出すよ」

母が私に言ってきた。

「私も、出させて」

近くにいた叔母も交ざってきた。

「じゃん！　実はさ〜」

私はしわくちゃの千円札を二枚を取り出し、

「じーちゃんからも、あるんだよね〜」

祖父の遺品を整理をしていた際、スーツのポケットから出てきたものだった。

(万札出てきて欲しかったな)

見つけた時の本音は黙っておく。

叔母はそのお札が夏目漱石（旧札）だと気づき、形見にしたいと言ったので、私の野口英世と交換した。

何だかんだで、ケーキは母・叔母・祖父で出したこととなり、祖母は祖父から誕生日ケーキを受け取った。

生活の知恵

昔ながらの知恵というのは、色々あるもので——。
風邪の時は、甘く煮た金柑を食べ、
頭痛の時は、こめかみに梅干しを貼る。

喉の痛みは、お茶でうがいをし、

お肌に良いからと、祖母が毎朝作るリンゴと人参のジュースを子どもの頃は飲んでいた。

ちょっとした火傷には、アロエ。

朝トースターで火傷し、冷やす間もなく学校へ行ったが、やはり痛い。何かしらの処置をしてもらおうと保健室を訪ねた私に、先生が渡したのは裏口の花壇から摘んだアロエだった。

（ばーちゃんと一緒じゃん）

指にアロエを乗せ、授業を受ける高校時代。

目が悪くならないよう、遠くの山をみて近くを見て～。山は頂上から麓までを交互に見る。

これも祖母から子どもの頃教わったことだが、残念ながら私の視力は落ちた。

（もう少し真面目に取り組んでいれば……）

悔やまれる。

新入社員の頃は、手が突然動かなくなることもあるから、指の曲げ伸ばし等の運動をしておくよう祖母から言われた。

当時、デニムの洗濯やミシン作業で冷たく強張っていた私の手。この言葉はとてもありがたかった。まち針の傷が残る手を、仕事の合間にほぐしながら、祖母のことを思い出していた。

そんな祖母が、朝から小袋をもって、外に出ようとしていた。今日は生ごみの日だ。

「ばーちゃん、指定のごみ袋に入れんばー（入れないとー）」

声をかけると、祖母がくすっと笑った。

一人だと生ごみはそんなに出ないから、「ちょいと失礼」っと、他のごみ袋に入れさせてもらっていると言うのだ。

一人暮らしが長くなったことで生まれた新たな知恵。

ちなみにこれは、家のすぐ脇がごみ捨て場という好立地だからこそできることである。

冬場の湯たんぽは、二つ使っていたが今では一つで済んでいる。

先に祖母のベッドに入れ、温まったところで、私の方に湯たんぽを移してくれる。

冷え切った廊下を歩き、ベッドに足を入れれば既にホカホカあったかい。なんて私は幸せ者なのだろう。

電話板

出張で実家にいる合間、祖母が生活しやすいよう、身の回りをちょこちょこ片付け。今回は電話機の周りを整理。色々な番号のメモがボードに貼ってあり、分かりにくい。一目で分かるようにしたく、祖母に確認しながら、よく連絡する人の名前と番号を綺麗に書き並べていく。

「この人は？」

一人一人、名前を伝える。

「そいは、書かんでよか」

「その人《もん》は、息子と一緒に住んどる」

「その人《もん》は、死んだ」

などと返ってくる。

その中で、ひときわ大きく書かれたキヨという名前について尋ねた時、

「このキヨって人《もん》はな～」と祖母が語りだした。

キヨさんは、祖母の古くからの友人。キヨさんが身ごもったと聞き、祖母は結婚したとばかり思っていたのだが、どういう理由《わけ》かそのお相手とは結婚しておらず、生まれた子は引き取ることが出来なかったそうだ。その後、キヨさんは別の男性と結婚したが、後妻。そして、夫に先立たれ血の繋がらない子ども達を育て上げたそうだ。大変な人生だなっと思っていると、まだ続きがあった。

キヨさんは趣味のゲートボールで、とある爺さんと知り合った。そして、「飯ば作りに来てくれんか？」と口説かれ、今は二人楽しく過ごしているらしい。

更にある日、家の電話に出ると、

「あの、お母さん、会ってくれませんか？」

実の娘からの電話だった。

約束の場所へ向かい再会を果たすと、

「お母さん、今後は何も心配しないで下さい。面倒みますから」と言われたそうだ。

そして、

「よし乃よ、おりゃぁこげん（私はこんなに）幸せな事はなか（ない）」と話していたそうだ。

人生、何があるか分からないものである。

さて、電話機の周りは片付いた。これで、祖母が電話したい人の番号はすぐに分かる。

受話器を持てば、話も弾むだろう。

デイサービス

急なことだが、父が病気になり、私は実家へ戻ってきた。父のためと言えば聞こえはいいが、都会の男性とご縁はなく……。憧れのブランドで働きだしたばかりだったが、家族が大変な時に、我を押してまでそこにいる気にはなれなかった。会社には申し訳ないが、事情を説明し、新春セールが終わる頃、都会での生活に区切りをつけ引き上げてきたのだった。

二月の海は暗く厳しい。風にあたる頬がピーンと痛い。家業を手伝いながら、祖父や父、そして弟達がいかに大変な仕事をしているか思い知らされる。

揺れる船の上での作業は、体力の消耗が激しい。

子どもの頃から船に乗っていたせいか、船酔いがなかったのが救いだった。

(ばーちゃんもやってたんだよなー)

網を引きながら考える。

そんな生活が数か月続き、父の治療が一旦終了となった。思っていたより早かったので驚いたが、更に嬉しいことに、持病のヘルニアまで良い具合に治っていると言うのだ。手術を検討するほどだったのに、安静にしていたのが良かったのだろう。家族で不安な日々を過ごしたが、父は何だか前より元気になり帰ってきた。

父が治療を続けていた半年間、家族は皆それぞれが忙しく、祖母は一人で過ごす時間が長かった。

昼間は横になっている姿が多く、それが影響したのか、この頃から認知症が進みデイサービスに通うことになった。

ところが、何度か通ってはみたものの、どういう訳か行きたがらない。人と話すことが好きな祖母のこの行動。何かと理由をつけては、かわしていく。

母と一緒に朝から着ていく服を選び、明るく送り出そうとするも、苦戦を強いられた。

結局、ケアマネージャーさんと話し、デイサービスを変えたところ、あっさり解決。お迎えが来ると、楽しそうに玄関へ向かうようになった。

「全然違う……あの時の苦労は……」

思わずつぶやくと、隣で母が共感していた。

どうやら、最初に通った施設に話が合う人がいなかったようだ。そんな所に、無理やり行かせていたんだなと、反省した。

祖母は行きたくない理由を何も言わず、私達もそれを我がままかと思い、詳しく聞こうとしていなかった。

母と私を翻弄させた祖母の行動には、祖母なりの理由があったのだ。

片付け

祖母の部屋にはたくさんの服がある。

（衣装持ちだな）

（この先、これ全部に袖通すかなぁ？）

（着ない服、あるよね）

など考えながら服を畳んでいく。

（さすがにこれは捨てようか）

ごみ袋に入れようとしたところ、

「捨つんな（捨てるな）」

祖母の声が飛ぶ。戦後の名残か、物は取っておくタイプなので、希望は通すが穴の開いた服は後でこっそり捨てさせていただく。

箪笥の隅に置いてあるポーチを開ければ、髪の毛の塊（ウィッグ）が出てきて私を驚かす。

古い手紙も何度が目にした。達筆すぎて読めなかったが、宛名には少々驚いた。この時代だからなのだろうが、町名しか書かれていない物もある。しかも名前は「よし子」様。ちゃんと祖母に届いていることに当時の素晴らしさを感じた。

箪笥の一番下にある着物を、祖母が広げて見せてくれたことがあった。藍色の手織りの着物は、祖母の母がお産用にと作ってくれたものだと話してくれた。祖母は着ることがなかったが、暖かい想いがジーンと伝わってきた。

そんな片付け中に見つかるレトロなアクセサリーは、私の興味を大いにそそる。

この日は、小物の整理。外国土産の綺麗な缶を開けると、ブローチや小銭に交ざり紫色の石がついた指輪が見えた。

「かわいい！」と思わず口にし、「これ、欲しい！」と言おうとした瞬間、すっと祖母の手が指輪に伸びた。

そして、そのまま指にはめ、しばらく眺めていた。

「綺麗だね」

声をかけたが祖母から返事はなかった。

その後祖母は、この紫色の指輪をつけたまま一日を過ごした。

（昔の男か？）

どんな思いに浸っていたのか、女としてとても気になった。

プラスチックのやつ

祖母が言えないカタカナがある。

「そのテトロポットば取ってくれんか？」

「何？」

「テトロポット」

「何それ？」

祖母が指さす先にあったのは、ペットボトルだった。

その後は、ペットボトルを持って、「これなーんだ？」っと祖母をいじる。

「テトロポット」と答える祖母に、

「え？」と何度も聞き返す。

恥ずかしそうに答える姿が可愛い。分かっていても、ペットボトルと言えないのである。

この話を知人にしたところ、

「うちは、ポットペトルというよ」と言っていた。案外、言いにくい言葉なのかもしれない。

そんな祖母が外で何やらやっている。

「何してるの？」

「ばーちゃんは今まで知らんかったと。キャップとビニールば分けんばってことば！」

落ち込んだ表情で、

「ばーちゃんは、ジュースば飲む資格はなか！」とまで言うのだ。

祖母に、何があったのだろう。

ペットボトルのキャップとラベルを外す表情を察するに、誰かから直接注意を受けたといった雰囲気ではない。テレビを見て知ったのか、ご近所さんの会話を聞いたのか。

「私も最近まで知らんかったよ」

慌ててフォローし、祖母を手伝った。

（そこまで落ち込まなくても……）とは思ったが、何事も真剣に取り組む祖母。そういうところも相変わらず素敵だった。

エンドリケリー

エンドリケリーという魚をご存じだろうか？　細長い体に模様の入った独特な鰭を持つ淡水魚。

祖母が小声で手招きし、私を呼ぶ。

「来てみろ」

「どうしたと？」

「ほら、見てみろ。魚が立って寝とる」

「え、まさか」

そっと、廊下の角から、階段下の大きな水槽を覗く。この水槽にいる魚は、次男がそこの値で友人から譲り受けたと聞いていた。

（魚が立って寝てるって、つまりそれは……）

案の定、頭を下向きにして、ふわーっと揺れている魚が一匹。もう一匹は、静かに泳いでいた。

（あー、これはまずい）

二階の部屋にいる次男に向け声をかける。

「魚死んでない？」

「え！　マジで!?」

寝起きのような声とともに、慌てて階段を下りる足音が響いた。

水槽に駆け寄り、一瞬で落ち込んだ次男の背中を見て、祖母と私は静かにその場を去ったのだった。

サイ

祖母の認知症は進んでいるらしい。ただ、家族と話をすることで介護レベルがある程度抑えられているようだ。

とある昼下がり、祖母が台所でテレビにくぎ付けになっていた。ちょうど、廊下を通り過ぎようとしていた私に向かって、

「こりゃぁ、何《なん》か？」と聞いてきた。

思わず、「サイ」っと答えると、

「は？」

「だから、サイって」

「……は？」

テレビの画面が変わるまで一連のやり取りが続いた。

恐らく祖母は、サイを見たのが初めてだったのだろう。祖母の反応を見る限り、認知症とは関係ない様子だった。

これまで一生懸命働いてきた祖母。ゾウは知っていても、サイを見る機会はなかったのかもしれない。

祖母の新たな一面を知った日だった。

お見舞い

祖母が入院することになった。見舞いに行くと、暇で家に帰りたさそう。退院はいつかと何度も聞いてくる。しばらくかかると聞いていたので、「さぁ～？」とはぐらかす。入院期間は、祖母の様子次第。はっきりした退院日が決まっていないのである。

この病室に来るまでに見た患者さんと比べても、祖母はかなり元気な方だ。

入院中とはいえ、天気もいいのにパジャマで一日中過ごすのが、何だか可哀想に思えて病室を見渡す。

(早く退院できるといいのだが……)

翌日、水玉のチュニックを持って病室に向かった。以前私がプレゼントしたものだ。

チュニックを着て、にっこり笑う祖母。気分転換になったかなと思っていると、表情がさらに明るくなった。祖母の目線をたどると、私の後ろに誰かいるようだ。

(他にお見舞いかな？)

振り向くと白衣を着た男性が立っていた。祖母の主治医だ。日曜日も顔を出してくれるだなんて、ありがたい。

「先生、孫がこんなするんですよ～」

水玉のチュニックを撫で、嬉しそうに話す祖母。その表情から、信頼を寄せている先生であることがすぐに分かる。

祖母も女子、いくつになってもお洒落は大事だ。タイミングよく可愛い服を着せた私は、良い孫ではないだろうか？

ミカン

認知症のせいなのか、単に好きなだけなのか、祖母がミカンを持ち歩くようになった。デイサービスに持っていくバッグは、大量のミカン。コートのポケットにもミカン。皆のために忍ばせている。

祖父は亡くなる前に、山手の畑は手入れが大変だろうからと、ミカンの木を植えていた。その木々がよく育ち、毎年美味しいミカンがたくさん採れるようになったのだ。

しかし、ベッド脇にもミカン。台所のカウンターにもミカン。テーブルの上はもちろん下にまでミカン。更に、洗面所など至る所でミカンを見るので、掃除のついでに一か所にまとめてみた。

部屋がスッキリしたので、満足していると、車庫に置いているミカン籠から、またミカンを持ち出す祖母。気づけばまたミカンだらけである。

何度かこの片付けては補充されるという行動を繰り返し、私はミカンだらけの部屋を受け入れることにした。

手を伸ばせば、ミカンに届く。暖かい部屋から出ることなく、好きなだけミカンが食べられる。ミカンに囲まれた生活が我が家の、冬の風物詩となった。

引き出しの音

二階の畳六畳の部屋。祖母の部屋の真上に、三十代独身女性の部屋を構えた。要は、私の寝床である。

夜、静まり返った家の中で音がする。

スー、コトン。

スー、コトン。

祖母が箪笥の引き出しを開けては閉め、開けては閉め――。

(暫くすれば音は収まるだろう)

布団に包まり、眠りにつこうと目を瞑る。

だが、一向に眠りはおとずれず、繰り返す引き出しの音に耐えきれなくなった私は、ばーちゃんの部屋へと向かった。

「どうしたと？」

「おりゃぁ（私は）、お金ばどけーやったとやろうか？（どこに置いたのか）」

困り果てた顔で祖母が答えた。

普段使う財布には、あまりお金を入れていないため、これだけしかないと思い心配になっていたようだ。

確かに、この額では不安で眠れない。

（しょうがない、祖母のためだ）

優しい孫は、手伝うことにした。

おおよその目星をつけ、祖母の手が届く範囲の引き出しを開ける。箪笥の底に手を入れ探る。そして、着物の下から薄い長財布を引き出した。

「ばーちゃん、ほら」

長財布を開いて渡す。

中身を確認し、にっこりと笑う祖母。

長財布に入っていたのは、私達きょうだいが祖母に渡したお年玉。

「あーよかった。おりゃぁ（私は）、どがんしようかと心配で（どうしたものかと）」

年金もあるから祖母が困ることはないと伝えると、安心して箪笥の奥に長財布を戻した。

「いぇー。よかった。よかった」

そう言いながらベッドに入るのを見届け、

「おやすみ」と電気を消し、ばーちゃんの部屋を後にした。

（これでやっと私も寝れそう）

ふわーっと大きなあくびをしながら、二階の寝床へと戻って行った。

因みに、この祖母の行動は定期的に訪れる。長財布も隠される位置が変わり、祖母は隠した場所を忘れるため、毎回宝探しだ。祖母の行動を理解しているからか、大体の位置は見当が付く。

お互いの安眠のためにも、引き出しの音が聞こえたら、すぐに駆け付ける習慣がついてしまった。

料理教室

漁師の娘なら魚くらい捌けないと。

重い腰を上げ、祖母に捌き方を教えてほしいと頼んだところ、『煮る・焼く・さしみ』どれにするのか聞かれた。

捌ければよいと思っていたので、

（どうしたら良いものか……）

ひとまず、捌くのをあきらめ、母からもらった魚のあらで、吸物を作ることにした。料理本通りにするも、味が決まらない。

（一匹の魚から、どれくらいのだしが出てるんだろう。魚の種類や大きさで、量はまちまちではなかろうか？）

そんなことを考えながら、祖母に味見をお願いする。美味しくないものは、

「えったぁ（そんなに）、美味《うも》うなかなぁ」

と、はっきり言ってくれるが、その言葉はなく。

「塩ば、ちーっと足してみろ（少し足してみて）」

祖母に言われるがまま、一つまみ塩を鍋に入れ、かき混ぜる。再度味を見ると、いい塩梅に仕上がっていた。

浸透圧により、味がぐっと引き締まるという原理なのだろうが、不思議なほど味が決まる。

この最後に『塩を一つまみ』は、私にとってお守りのような存在になった。

実家での生活も落ちついた頃、料理教室で魚の捌き方を学んだ。基本に忠実に――。家に帰ってても復習だ。

「うちには、たくさんあるから」

母から捕れたての魚を受け取る。これだけあれば、多少失敗しても大丈夫。食べてくれる人も我が家には揃っている。

手順を口ずさみながら、まずは三枚おろしを叩き込んだ。

「腹・背・背・腹」

基本が出来るようになると、祖母や両親が魚を捌く際、効率よく捌いていることに気づく。よって、質問もしやすい。コツを教わり、以前より速く捌けるようになっていった。

魚も、鯵やイサキから鯛へ。最終的にはヒラメの五枚おろしまで出来るようになった。

「やったしこ、うもーなる」

祖母が言うように、やった分だけ上手になったのが、流しに残った魚の骨を見てわかった。

魚を捌くのに慣れてきた頃、母がチラシを持ってきた。隣町の公民館で料理教室があるらしい。中国料理を学べるとのことで、行ってきた。

初回のお題は、糖酢魚《タンツーユー》（あんかけ魚）。鯛を使い、なんとか上手くできた。参加者は母くらいの年齢の方が多かったので、次は祖母を誘った。

公民館へ着くと、前回同様ご婦人方が集まっていた。

割烹着に袖を通し、三角巾をまく。準備を終えた祖母に、近くの席の方が声をかけてきた。

年齢のわりに、しゃんとしている姿に驚き、八十を既に超えた祖母を褒め称えると、周りの人も集まってきた。ここでも人気者の祖母。皆の輪の中心にいた。

今回の料理は、葱油餅《ツォンユーピン》。字のごとく、葱を使い生地を焼いたシンプルな料理だ。

二人一組、祖母と一緒に手分けして作る。小麦粉・塩にぬるま湯を溶かし入れ混ぜる。まな板に打ち粉をし、丸くなった生地を祖母に渡す。

生地を棒で伸ばす祖母の姿は、手慣れていた。

(手元の動きが完璧すぎる……)

そうして、薄くなった生地にごま油を塗り、刻んだ葱を全体に振りまく。

くるくると生地を巻き、細長い棒にしてカットする。渦巻き状の断面を上からつぶし、また生地を薄く伸ばしていく。最後に、フライパンで焼いて完成だ。

二人で調理台に並び、できたての葱油餅を食べる。家では食べたことの無い美味しい味に、お互い顔がほころんだ。

帰ったら皆にも作ってあげよう。

喧嘩

祖母と喧嘩した。

理由は、具合が悪いと言う祖母に、こちらが心配していることが伝わらなかったせいだ。熱もなく、毎度同じような症状を訴える祖母。休日で病院へは連れて行けず、私自身疲れていたのだろう。祖母をなだめるために返す言葉も繰り返しになっていた。

「うんは、おいがことば心配しとらん（あなたは、私のことを心配してない）」

祖母から言われ、

「もういいよ」と腹を立て、二階の部屋でふて寝した。

日が暮れた部屋は真っ暗で、一階から呼ぶ長男の声で目が覚めた。返事をすると、階段を上がる足音がした。

一歩ずつ、一歩ずつ。ゆっくりと。

起き上がり、ドアを見ると祖母がそこまで上がってきていた。もう何年も祖母が二階へ来ることはなかったが、私に謝りたいと言い、長男と一緒に上がってきたのだ。

「えー!!」

驚いていると、

「ごめんなぁ」と謝る祖母。

「私こそ、ごめん——!!」

こちらは大泣きである。

認知症だから喧嘩したことはすぐに忘れると思っていたが、祖母はずっと気にしていたのだ。ふて寝していた自分を悔やみ、こんな可愛い祖母をもう悲しませるもんかと誓った。

祖母と私の最初で最後の喧嘩である。

おおきに

婚活をした私。うまくいかず諦めかけたが、なんとか良いご縁に巡り合えた。

彼が我が家へ挨拶に来た時、祖母は快く迎え入れてくれた。

結構、本音で話す祖母。その一言で彼が傷つかないか気にはなっていたが、お茶やミカンを出し、せっせともてなしてくれた。

「魚は好きですか?」から始まり、

「この子はいっちょん（全然）躾とらんけん（躾ていないから）」

「差つけとらんけん（特別扱いしていないから）」

何杯もお茶を入れながら、彼に話していた。

恐らくお付き合いする中で、彼がガッカリしないよう、前もって私の期待値を下げてくれたのだろう。

その彼が帰り際にソワソワしながら、こちらにやって来た。

「さっき、おばあちゃんから、チューして行かんねって言われた」

「うん、それが何？」

「チューして行かんねって言われたからビックリした」

「うん。『ちゅういして行かんね』って言われたとやろ」

「？」

「注意」

「あ、そうなんだ」

恥ずかしそうに理解する彼。

（まだまだ未熟だな）

彼が車で帰っていくのを見送りながら思うのであった。


そんな彼から、祖母の方言について聞かれた。「おおきに」という言葉だ。

もちろん、ありがとうの意味ではあるが、

「関西出身でもないのに、なぜ？」

「うーん、そう聞かれるとー。当たり前のように聞いてたからなぁ」

よく考えると、祖父も父もご近所さんもお礼はいつも「おおきに」だ。

父より下の世代は使わない。昔からこの町にいる、一定の人が使っていた。

気になることは直ぐに調べる彼によると、所説あるが、沿岸部では京《みやこ》との交易があったことから感謝を表す「おおきに」がそのまま使われているようだ。

本来長崎では、「ありがとう」や「どうも」を使うが、海に囲まれたこの町だとなんだか納得できる。

（ほう。勉強になった）

その後も彼は、来る度にニコニコとお茶をし、祖母からの信頼を勝ち取った。


そして彼が結婚の挨拶にやって来た日。

いつものように、台所で祖母と一緒に——ではなく、座敷のテーブルを挟み、私の両親と向かい合っていた。

結婚の許しをという緊張の場面で、座敷横の縁側をゆっくりと歩いてきた祖母。いつものように、外の景色でも見ようと思ったのだろうが、さすがにこの空気に気づき、「おっと」といった表情で引き返して行った。それを見て、私は笑いを堪えるのに必死だった。

ひょっとこ踊り

私の結婚が決まった時、祖母はとても喜んでくれた。

「ひょっとこ踊りばせんばやろうか？（したほうが良いだろうか）」と言うほど、元気。

このひょっとこ踊りというのは、祖母十八番の宴会芸。ひょっとこのお面をかぶり、浴衣を羽織る。お腹にはボウルを仕込み、足の間には先端に赤い玉がついた棒を下げ、準備完了。

音楽とともに登場し、女役との駆け引きで踊りが始まる。踊りといっても、足を広げてかがむだけ。棒が浴衣の間から出てきて、ボウルを入れた大きなお腹にコンっと赤い玉が当たるのだ。なかなか恥ずかしい動きだが、祖母は堂々とやってのける。衣装の準備に手間取るが、子どもの頃よく頼み込んで笑わせてもらった。

踊り仲間に、この踊りを披露した際は、笑いすぎてパンツを借りて帰ることになった人もいたそうだ。それくらい、お腹を抱えて笑える踊りなのだ。

(歳のわりには足腰も元気だし、ひょっとこ踊り余裕だな)

(私が女役、練習してみようかな)

などと考え、結婚式の打ち合わせをしていると電話が鳴った。

「ばーちゃんが怪我した」

母からの電話だった。

ちょっとした怪我はこれまでもあったが、どうやら今回はひどい。

大腿骨骨折。手術が必要となった。

入　院

祖母の手術は無事成功。病院は完全個室のため、家族交代で看病した。

私は、夜の泊まり込みが多かった。仕事が終わると一旦家に帰り、風呂と翌日の準備。その後、病院へ向かい病室のソファで休む。翌朝は、病院からそのまま会社へ向かうという生活がしばらく続いた。

嫁ぐまでは、祖母と同じ屋根の下で――と思っていたが、場所が病院となってしまった。


夜の病室。

祖母はよく肌が痒いと言った。乾燥もあったのだろう。薬を塗り、しばらくしてまた塗って……気休めにしかならないが、祖母が肌をかきだしたら、ひたすら塗る。背中に髪の毛が入るだけで痒いので、ベッドの薄暗い明かりの中、しっかり確認が必要だ。薬もあっという間になくなり、補充をお願いする。

おむつ交換は、看護師さん二人のお世話になる。両側から優しく声をかけられ、(あら、こんなに良くしていただいて)と思ったのだろう。祖母は親指と人差し指を擦り合わせ、私にお礼を渡すよう合図する。

(あ……ばあちゃん)

昔、自分が病院に勤めていた頃を思い出し、いくらか渡したいのだろうが、この病院はお菓子も一切受け取らない所。エレベーターにもきちんと張り紙で案内されている。

(それよりばーちゃん、今から激痛が……)

そう思った時には、祖母は悲鳴を上げていた。

骨折した場所が場所だけに、おむつを替える度に痛いのだ。しかも祖母は、認知症のため毎回このことを忘れる。

「あいた、あいた!!(痛い、痛い!!)」

「あんた達は! ごげん酷か扱いばされたことはなか! (こんな酷い扱いをされたことはない)(涙)」

顔をしかめ、先ほどまで天使のように思っていたはずの看護師さんへ言い放つのだ。

「すみません……」

祖母の対応を詫びると、

「いいえ~」と気さくな声が返ってくる。

そんなこんなで、徐々に術後の痛みは治まっていくのだが、ある看護師さんが言った。

「女性の場合、お産を経験してるから、ここまで痛がらないんですけどねー」

「あはは……」

ちょうど母もいたので、二人で笑って流しておいた。

大怪我により、結婚式への参列が危ぶまれた祖母だったが、外出許可をとり何とか出席することができた。

ホテルの美容室で化粧と髪をセットしてもらい、久々に着飾った祖母だったが、慣れない車椅子に疲れたようで、親族ではなく新婦控室のソファで横になっていた。

花嫁衣裳を身にまとい準備をする孫。その横で、メルヘンな白いソファに横たわる祖母は、なんだか優雅に見えた。

式場の打ち合わせの時は、こんな豪勢な部屋はいらないと思っていたが、まるで祖母のために用意されたかのようでとても助かった。


結婚式を無事に終え、私は実家を離れたが、祖母の様子は母から聞いていた。

入院先での話だが、皆で食事をする部屋でご飯を食べていたはずの祖母が、廊下でうずくまっていたらしい。

補助がないと一歩も歩けないはずなのに――。大事には至らなかったが、どうやってそこまで行ったのか不思議だった。

後日、看護師をしている従姉にこの話をしたところ、「あるよ、イリュージョン」と真顔で言われた。祖母に限らず、人間の力というのは凄いらしい。

施設

祖母は自宅での生活が難しく、退院後は施設で生活することとなった。

以前、ケアマネージャーさんから施設の話も出てはいたが、みんな祖母と一緒にいたいため、まだ先でいいのではないかと様子見になっていた。それが、祖母の怪我で否応なしに離れて暮らすこととなり、実家は寂しい雰囲気に包まれていた。

私の場合、結婚で家を出るため徐々に気持ちを整理していたのだが――。


施設に遊びに行くと、祖母は元気そうにしていた。高台の景色の良いこの施設には、祖母の友人が既に入所しており、施設の方も顔見知りが多い。病院の系列なので、院長夫人とも長い付き合いだ。

丸いテーブルを囲み、にっこり笑いながら話をしている姿はとても楽しそう。家にいる時より、目が行き届くので安心である。

それからは、ちょくちょく祖母に差し入れを持って施設を訪ねた。

きちんと生活しているか、私のことをいつも気にかけてくれる祖母。

結婚式の写真を、ベッド脇に飾った効果だろうか。私が嫁いだことと夫の名前は、ちゃんと覚えてくれていた。

施設でイベントがある時は、家族にお声がかかる。人数に制限があるが、今回の七夕祭りは私と夫が参加した。

ステージでダンスや演奏が披露され、皆とても楽しそう。歌の時は、祖母にマイクがまわり美声を披露する。私は横で聴きながら、家族にも送ろうと動画撮影に必死だった。

一緒に食事をし、楽しい時間を過ごすことができた。

七夕といえば、短冊に願い事も大切で――。

何を書こうかと悩んでいると、先に夫が次男の結婚を願い、短冊を書いた。

それならばと祖母は、妹が結婚できますようにと一生懸命ペンを執る。

私も続いて、長男が結婚できますようにと願いを込めた。

この短冊は、しばらく施設の玄関に飾られた。実名で書いていたので、笹の葉で隠すよう目立たない位置に結んだのだが――。

後日、長男から三つ並んだ短冊の画像が送られてきた。

「もうばれたか」

苦笑いするしかなかった。

報告

次男の婚約を報告に向かう。

施設の方に祖母がどこにいるか尋ねると、場所を案内してくれた。

窓辺のソファにちょこんと座る、見慣れた後ろ姿。ぽかぽか陽気で、日差しがとても気持ち良さそうだ。

(何とも上品なストールを肩に掛けて)

そう思って近づいて見ると、それはバスタオルだった。

「ばーちゃん—

後ろから呼ぶと、

「あら、来たとなー」

笑顔で振り向き、こちらを見上げてくれた。

買ってきたプリンを渡し、次男の婚約を伝える。

「いぇー、良かったなー」

嬉しそうに語りだす祖母。普段は五分もすれば、また同じ話を繰り返すが、今日はよっぽど嬉しかったのだろう。

「うちの孫達は皆、性格は悪くはないのだから」と褒めちぎり、他の家族の近況も聞いてくる。

「あろー（あのー）、じーはどがんしとる？（どうしてる）」

「あ、じーちゃん……？」

思わぬ質問で、言葉に詰まっていると、

「あー、じーは死んだとじゃったなぁ」

祖母が自分で答えてくれたので、ほっとした。

（いつぶりだろ、こんなに次々と話すのは）

楽しく会話をしていたその時、祖母が持っていた飲み物がこぼれた。

慌てて拭きながら
「ばーちゃん、濡れていない？」

「大丈夫」

「よかった」

さささっと片付け、祖母に視線を戻すと、にっこり笑っている。

（あっこれは……）

次男が婚約したことを、また最初から報告するのだった。

知らせ

夜寝つけずにいると、喉がだんだん痛くなってくるのを感じた。声も変わりそうなくらい痛い、こんなことは珍しい。

翌朝。母からの知らせで、祖母がもういないと知った。喉はいつまでも痛かった。

葬儀場へ着くと、可愛い祖母が寝ていた。綺麗に化粧をし、着物を着せてもらっていた。

（起きないかなー）

しばらく見ていると、母がやってきた。

「似合っとるやろ、新品の着物ば着せた」

「うん、似合ってる。（襟元しか見えてないけど）」

整えられた髪も、本当によく似合っていた。

母は、祖母がご飯を食べていたか、前日の様子を心配していたが、いつもと変わらずちゃんと自分で食べていたらしい。所作が綺麗な祖母。箸を口元に運ぶ姿が目に浮かぶ。

（一緒にご飯食べたかったな。もっと会いたかったな……）

通夜が終わった会場で、寂しさに暮れていると、祖母と遊びで撮ったビデオレターを長男が見せてくれた。

撮影場所は、ばーちゃんの部屋。

元気な姿でちょこんとベッドに座る祖母。

「この度は～」から始まり、自分の葬式に来てくれた方へのお礼と、「残された家族をどうぞ宜しくお願いします」と語る内容だ。映像の中の、元気な祖母の姿に心が満たされる。

翌日。葬儀の最後に祖母の映像は流したが、その直前、孫代表として長男がマイク越しに祖母に語り掛け、大いに皆の涙をそそった。

あの雰囲気、きっと葬儀屋さんもグッと堪えていたと思う。あれで泣かない人は鬼だと思うほど、立派な祖母への言葉だった。

私だけでなく、家族皆が祖母がいなくなって寂しかった。それぞれの想いと思い出が、祖母と過ごした日々の中にあるのだなと感じた。

生前祖母は、具合が悪い日は「ころんと死ねばよかとに」と口癖のように言っていた。

「なんば言いよると～」

その時は、明るく返していたが、誰にも看病する間も与えず、なんだか本当にそうなってしまったようで……。

（寂しい思いしてなかったかな？　何を思っていたのかなー）

会いたいけれど、もう会えない。聞きたいけれど、聞けない。心の中で祖母との別れを受け入れなければならなかった。


祖父が迎えに来たのか、二人の命日は一日違いとなった。

仏壇に向かう際、「声に出して言わんば、向こうのもんは何も聞こえんと」そう言っていたのを思い出し、「会いたいよ」とつぶやいてみると、四十九日までの間に、三度祖母が夢に現れた。念が通じたのか、かなりの確率ではないだろうか。

「うんが、寂しかろうと思って（あなたが、寂しがっているると思って）」

夢の中の祖母は、そう言ってにっこり笑っていた。

お盆

「再放送があるらしいよ」

昔、取材を受けたペーロンの番組が近々放送されると母が電話で教えてくれた。

「どこからの連絡？　ばーちゃんの固定電話解約したよね？」

「漁協に連絡があった」

「へー。凄いね」

撮影協力した漁協にテレビ局から連絡が入ったらしい。祖父や祖母にまた会えると思うと、嬉しくなってくる。

「初盆どうすると？」

精霊流しについて、尋ねる。

「こんなご時世やけん、中止って。ばーちゃんの船は、自分達で作ろうかーって」

毎年、地区ごとに大きな精霊船を出すが、ここ数年はコロナ禍のため中止となっていた。そこで、祖母のためだけの精霊船を造る、そんな話が出ているのだ。

八月。久々帰った我が家には、立派な精霊船の骨組みができていた。

「こんなに立派なの？」

あまりの出来に目を見張る。父の親友でもある大工さんが、祖母のためにと腕を振るってくれたのだ。

お手製の花をつけ、大きな祖母の写真が飾られた。祖母の名前や極楽行などの文字は私が書き上げた。

夕暮れ時。提灯で照らした立派な精霊船のお披露目だ。

お揃いの手ぬぐいを掛け、皆で海まで練り歩く。道中、祖母に向けた近所の方々の声が聞こえててくる。

家族だけで送り出すと思っていたが、たくさんの人が駆けつけてくれていた。祖母の精霊船は皆の声援を受け、海へ下る。くるくると船を回す見せ場、家族に担がれ揺れる祖母の顔は、花が咲くように笑って見えた。

初盆が終わり、静かになった我が家。廊下を歩けば祖母との思い出が一つ一つ浮かんでくる。

歳を重ね、手を後ろに組んで歩くことが多くなった祖母。

「世間ば見よっと」

と言い、いつの頃からか縁側から景色を眺めることが多くなっていた。祖母と同じように、縁側まで歩いてみる。まるで近くに、祖母がいるような空気が感じられた。

毛布にくるまっていたこと、山を眺めたこと、茶碗を割ったこと……。一度だけ、ここから祖母と見た大きな花火は忘れられない。

＊　＊　＊

祖母の三回忌を迎え、母になった私は、隣で寝ている息子に毛布をかける。

(そういえば、ばーちゃんもこうやって掛けてくれてたな)

畳の上にごろんと横になれば、縁側から心地よい風とともに、おだやかな眠気がやってくる。

そんな時、気付けばいつも祖母が毛布を掛けてくれていた。小柄な祖母が、押し入れから毛布を取るのも一苦労なのに、私達が大人になってからも、それは変わらず続いていた。

母になった今なら分かる。寝冷えしないようにと、手が動いてしまう。可愛いから、何かせずにはいられないのだ。

祖母にとっての人生とは、どんなものだったのだろう。親を看取り、結婚。仕事に子育て、孫のお世話。苦労をかけてしまったが、祖母がいてくれたからこそ、幸せな日々を私は過ごしてきた。

誰に対しても平等に接し、本音で話す祖母。一緒に笑ってくれたあの笑顔は、いつも家族の癒しだった。そんな私の人生に関わってくれた祖母に声を出して感謝したい。

「ばーちゃん、ありがとう」

小高い丘を登れば、椿と石段が見えてくる。一段一段上がると、そこは我が家の庭。祖母が好きな花が季節を彩り、今日も「おかえり」と迎えてくれる。

おわりに

最後まで読んでいただき、ありがとうございました。

この話は、祖母が亡くなった後に、思い出を書き足していったものになります。

その間、祖母を訪ねて下さった方の中に、見知らぬご夫人の姿がありました。「会いにくるのが遅くなってしまって……」そう言って、昔、祖母に助けられたことを話してくれました。詳しい話は割愛しますが、その時お腹にいた子が医師となり、「よし乃さんには、感謝しきれない」今の自分があるのは、祖母のおかげだと——。家族の誰もが初めて聞く話に、祖母の偉大さを改めて感じました。

私はと言えば、子育てにより肩を痛め年齢を感じていましたが、祖母も同じように痛がっていたのを思い出しました。常夜灯の薄明かりの中、布団に横になった祖母が腕を上げ下げしながら、五十肩だと教えてくれました。四十の私は、ある意味祖母を超えたのかもしれません。

早く良くなることを願いつつ、応援してくれた家族や友人に感謝申し上げます。

著者プロフィール

ハレヤマ サキヱ

1983年生まれ。長崎県出身。

福岡の専門学校を卒業。

アパレル業を経験後、故郷に戻り結婚。

ただいまフルタイムで１児の母。

祖母の咲くあと、追う私

2025年１月15日　初版第１刷発行

著　者　ハレヤマ サキヱ
発行者　瓜谷 綱延
発行所　株式会社文芸社
〒160-0022　東京都新宿区新宿１－10－１
電話　03-5369-3060（代表）
03-5369-2299（販売）

印　刷　株式会社文芸社
製本所　株式会社MOTOMURA

©HAREYAMA Sakie 2025 Printed in Japan
乱丁本・落丁本はお手数ですが小社販売部宛にお送りください。

送料小社負担にてお取り替えいたします。

本書の一部、あるいは全部を無断で複写・複製・転載・放映、データ配信することは、法律で認められた場合を除き、著作権の侵害となります。

ISBN978-4-286-25904-8